PUBLICATION DE LA RÉUNION DES OFFICIERS

LA COIFFURE MILITAIRE

PAR

J. BORNECQUE

Capitaine au 1er régiment du génie

PARIS

LIBRAIRIE MILITAIRE DE J. DUMAINE

ÉDITEUR

30, RUE ET PASSAGE DAUPHINE, 30

1880

LA

COIFFURE MILITAIRE

2238 — PARIS, IMPRIMERIE LALOUX FILS ET GUILLOT

7, rue des Canettes, 7

LA
COIFFURE MILITAIRE

PAR

J. BORNECQUE

Capitaine au 1er régiment du génie

PARIS

LIBRAIRIE MILITAIRE DE J. DUMAINE

ÉDITEUR

30, RUE ET PASSAGE DAUPHINE, 30

—

1880

LA

COIFFURE MILITAIRE

Les deux parties les plus défectueuses de l'habillement de nos soldats sont sans contredit la chaussure et la coiffure. Le *Bulletin* s'est déjà occupé à plusieurs reprises de la première de ces questions, à laquelle il eût été à désirer qu'une prompte solution fût donnée.

La question de la coiffure, bien que moins urgente à résoudre, a aussi son importance, et nous l'abordons précisément parce qu'elle est actuellement à l'ordre du jour, et que l'on essaye, dans différents corps de troupes, un nouveau modèle de coiffure; nous voulons parler du casque. Nous avons même reçu d'un de nos camarades un modèle de casque et de coiffure de petite tenue, dont les expériences prescrites par le ministre ont motivé l'envoi à la Réunion, où ces modèles sont exposés.

Avant d'émettre aucune appréciation, il nous semble utile d'examiner quelles sont les conditions que doit remplir la coiffure militaire. A notre avis, ce sont les suivantes :

1° Cette coiffure doit garantir la tête et le cou des intempéries, et préserver les yeux contre les rayons du soleil.

2° Elle doit être hygiénique, légère et commode.

3° Elle doit être fixée à la tête de telle façon que l'homme ne soit pas exposé à la perdre en courant, ou par un coup de vent.

4° Elle doit être la même en temps de paix qu'en temps de guerre, mais elle doit être faite plus particulièrement pour ce dernier but.

5° Elle ne doit pas être disgracieuse, et elle doit s'harmoniser avec le reste de la tenue.

Nous écartons complètement deux conditions dont on s'est beaucoup préoccupé jadis, mais qui n'ont plus leur raison d'être actuellement.

La première était que la coiffure devait protéger contre les coups de sabre, c'est-à-dire constituer une arme défensive. Il suffira, pour démontrer le peu de valeur de cette raison, de rappeler que la proportion des blessures par l'arme blanche ne s'est élevée qu'à 2 p. 100 dans la guerre de 1870-71, et encore, dans ce chiffre les blessures faites par la baïonnette sont les plus nombreuses. Si donc l'on devait rechercher, sur la quantité des hommes atteints, la proportion de ceux qui l'ont été par un coup de sabre sur la tête, ce ne sont pas des pour cent que l'on obtiendrait, mais des pour mille.

D'un autre côté, dans le type qu'on essaye actuellement, le public paraît attacher une certaine importance à l'influence morale qu'elle peut exercer. On veut que la coiffure produise un effet moral; nous demandons sur qui, est-ce sur ceux qui la portent, ou sur l'ennemi? Cela ne nous paraît pas sérieux, car si l'on cherche à influencer le moral de l'ennemi par la forme de la coiffure, il y aurait quelque chose de mieux à adopter que le casque; ce serait, par exemple, le schaptack des cosaques ou le fez des mameluks ou le bonnet à poil des tambours-majors. Tout le monde sait que ce qui est propre à rehausser le moral des soldats, c'est la discipline, la confiance dans son arme et dans ses chefs, et surtout celle que donnent les premières victoires. Donc nous nions complètement l'influence morale de la coiffure, à moins que ce ne soit sur les populations, mais ce n'est pas là le but que l'on poursuit.

Après cette digression nécessaire, reprenons en détail les conditions que nous avons indiquées.

1° *La coiffure doit garantir la tête et le cou des intempéries et préserver les yeux contre les rayons du soleil.*

Pour cela, la coiffure doit d'abord se composer d'une calotte qui soit à peu près imperméable, et qui porte à sa partie antérieure une visière courbe, suffisante pour que le soldat ne soit pas incommodé, pour viser, par les rayons du soleil. Le képi actuel satisfait à ces exigences puisqu'il se compose d'une calotte de drap doublée de cuir. Pour garantir le cou, on peut employer soit une visière en arrière, comme dans le casque, soit un couvre-nuque. Ce dernier est évidemment plus avantageux ; il est plus léger, n'est pas sujet à se déformer, peut servir à la fois pour la pluie et le soleil, peut s'enlever à volonté ; de plus, au lieu de former une gouttière vers le milieu du dos, comme le casque, il répartit l'eau sur une plus grande surface d'écoulement.

Enfin, nous le désirerions assez grand pour recouvrir le képi et retomber sur les côtés à la façon du couvre-nuque employé en Afrique, et qui, dans les grands froids, préserverait aussi les oreilles des soldats. Il serait très facile d'avoir sur le képi des parties qui se rabattent lorsqu'il en serait besoin, à peu près comme dans notre ancien bonnet de police.

Le shako, au contraire, n'ayant qu'une seule visière ne protège nullement le derrière de la tête et est mauvais sous ce rapport comme sous beaucoup d'autres.

2° *Elle doit être hygiénique, légère et commode.*

A ces trois points de vue, la forme rigide, qui est celle du casque et du shako, ne convient pas du tout. Il est indispensable que la coiffure soit simple pour qu'elle s'adapte facilement à la forme de la tête et ne la blesse pas, même si elle n'est pas posée tout à fait régulièrement. Il faut aussi qu'elle porte également sur tout le pourtour et non pas sur certaines parties plus que sur d'autres. Enfin, il faut y pratiquer des évents pour favoriser l'évaporation et empêcher ainsi une transpiration trop abondante.

A ce point de vue encore, le képi remplit parfaitement les conditions en question, sa souplesse permet de le placer sur la tête sans qu'il occasionne le moindre malaise ; il emboîte parfaitement la tête sans l'emprisonner comme le casque : il occasionne donc moins de transpiration, et possède des ventouses pour favoriser l'évaporation.

Quant au shako, c'est une coiffure très défectueuse sous tous les rapports. Il emboîte mal la tête et repose principalement sur l'arcade sourcilière, il produit un malaise qui devient quelquefois intolérable, et qui est une des principales causes des nombreuses indispositions des hommes pendant les revues. Du reste, nous n'insistons pas sur les inconvénients du shako, qui est généralement condamné.

3° Elle doit être fixée à la tête de façon que l'homme ne soit pas exposé à la perdre en courant, ou par un coup de vent.

Cette condition est réalisée très simplement, dans le képi, d'abord par l'adhérence qu'il a avec la tête, ensuite par une jugulaire très légère en cuir, et dont on peut se dispenser presque constamment en dehors des manœuvres.

Le casque porte au contraire une jugulaire ou gourmette métallique en deux parties, assez lourde et très désagréable à l'usage. De plus on est forcé de porter presque constamment cet appendice sous le menton,

4° Elle doit être la même en temps de paix qu'en temps de guerre, mais elle doit être faite plus particulièrement pour ce dernier but.

Sous ce rapport, le shako est condamné depuis long-temps, tous les militaires ont compris qu'un fantassin ne pouvait marcher et combattre, s'abriter derrière les plis de terrain, avec cet engin volumineux et in-commode. Aussi, la décision ministérielle sur la tenue des troupes en campagne porte-t-elle que celles-ci n'emporteront pas le shako.

Mais, puisque l'on ne veut pas avoir cette coiffure en temps de guerre, pourquoi la donner en temps de paix aux soldats? Pourquoi faire une dépense inutile, alors que l'argent manque pour tant de choses néces-saires à notre armée?

5° Elle ne doit pas être disgracieuse et doit s'harmoniser avec le reste de la tenue.

Sous ce rapport, on a beaucoup reproché au képi de se déformer trop rapidement, et de n'être pas assez élégant. Le remède est bien simple : on a fixé pour cet effet une durée de deux ans; c'est beaucoup trop; il est évident qu'au bout d'un an, le képi s'affaisse et se déforme, surtout parce qu'on le porte constam-ment, pour toutes les corvées, les manœuvres, etc. Qu'on essaye d'en faire autant du shako. Le mieux serait de réduire la durée de cet effet à un an, puis de le laisser entre les mains du soldat une deuxième année comme numéro 2; de cette façon, il aura une coiffure spéciale de sortie et de grande tenue, et une autre pour les corvées, etc.; il fera aussi bonne et même meilleure figure avec son képi à une revue, qu'avec son shako. On pourra ornementer ce premier d'une cocarde, et d'un petit pompon ovale, soigner un peu plus sa confection, et le problème sera résolu.

Du reste, même dans l'état actuel, tous ceux qui ont vu nos soldats en tenue de campagne, diront qu'ils ont l'air infiniment plus martial avec leur képi, leur capote et le pantalon dans les guêtres, que dans n'importe quelle grande tenue, avec la tunique et le shako. Et pourtant ces deux derniers vêtements n'ont été donnés aux soldats que pour améliorer leur tenue. A notre avis, ils doivent disparaître tous deux, comme tout ce qui, dans l'armée, n'est pas utile pour le temps de guerre. Nous reviendrons quelque jour sur ce sujet à propos de la tunique.

En résumé nous disons que le képi actuel, avec de très légères modifications et l'adaptation d'un couvre-nuque, est la coiffure qui convient le mieux à nos soldats pour le temps de paix comme pour le temps de guerre; ce sera de plus une simplification et une économie, puisqu'il permet de supprimer un effet inutile et gênant, le shako.

Quant au casque, si on lui a trouvé quelque avantage, c'est parce qu'on l'a comparé au shako et non au képi. Le casque est en effet plus léger et moins incommode que le shako, car il porte uniformément sur tout le pourtour de la tête; il protège assez bien contre les intempéries, grâce aux visières avant et arrière, mais il n'empêche pas l'eau de couler sur les oreilles. D'ailleurs il n'en a pas moins de graves inconvénients ; d'abord sa forme rigide, ensuite il emprisonne la tête et occasionne la transpiration ; en outre il ressemble trop à la coiffure d'une nation voisine, et en cas de guerre peut occasionner de cruelles méprises, surtout la nuit ; de plus, il se prête mal au combat en tirailleurs, en rendant les hommes trop visibles ; aussi, les Prussiens le mirent-ils souvent de côté dans ce cas et se contentèrent-ils de leur calotte, afin d'être moins reconnaissable dé loin. Enfin l'opinion publique, ou plutôt le sentiment national, avec lequel il faut aussi compter, s'est trouvé presque froissé de cette copie servile de tout ce qui est allemand, et a vu d'un fort mauvais œil les premiers essais qui ont été faits de ce casque. Peut-être conviendrait-il mieux à la cavalerie que le casque métallique actuel, mais il ne convient pas du tout aux autres troupes.

On comprend d'après ce qui précède que la solution de la question de coiffure militaire consiste, à notre avis, dans l'adoption d'un képi d'un modèle perfectionné qu'il ne serait pas difficile de trouver. Toutefois, nous n'hésitons pas à ajouter que si le casque doit prévaloir, comme coiffure des troupes de notre armée qui ne l'ont pas encore, le modèle proposé par notre camarade et dont nous donnons le dessin offre de sérieux avantages sur le modèle en essai.

En effet, dans celui-ci, la carcasse en liège n'est pas

suffisamment solide; le drap qui la recouvre sera vite en lambeaux en campagne; la jugulaire rattachée au sommet reporte une partie du poids au haut de la coiffure; l'aspect est peu gracieux et le sommet trop nu; la forme diffère trop peu de celle adoptée par d'autres armées et de loin peut être cause de méprises fâcheuses, etc.

Le genre de casque proposé se compose d'une bombe en cuir bouilli, ayant une visière et un couvre-

Fig. 1.

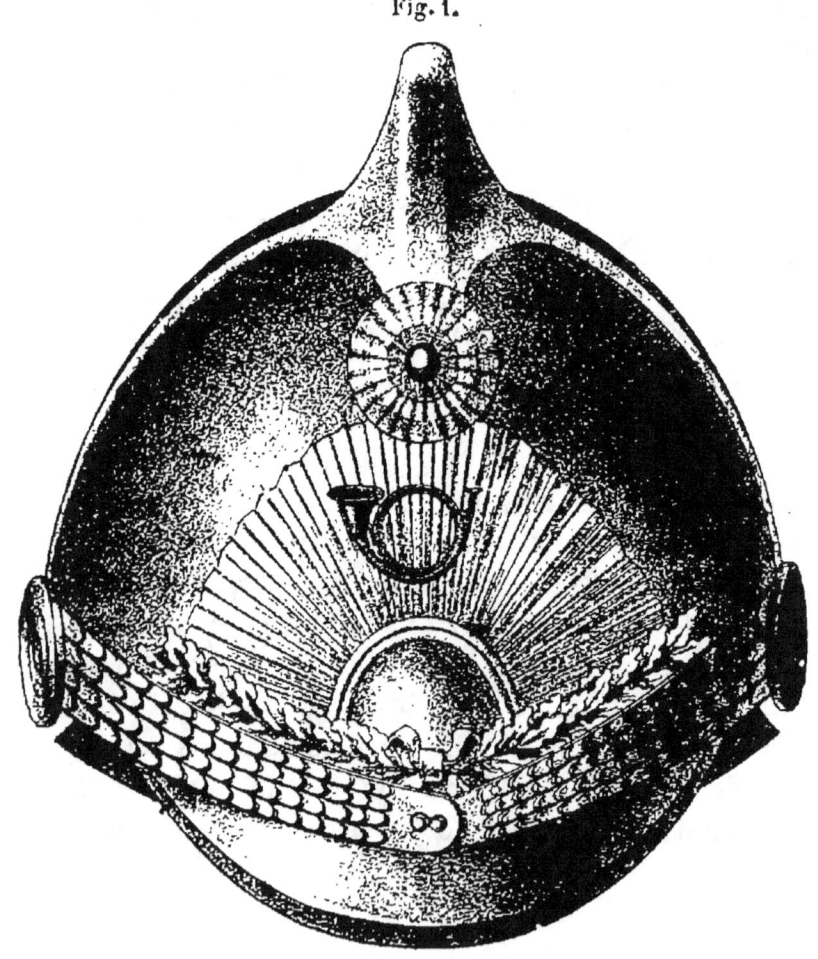

Fig. 2

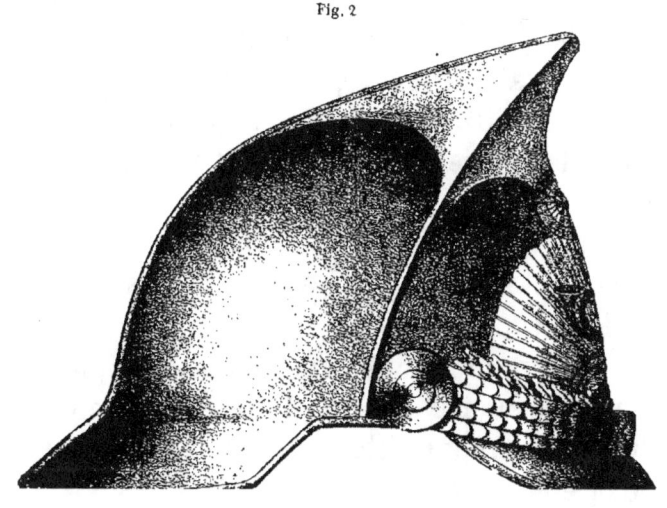

nuque également en cuir, avec bordure de métal;
quatre armatures également en métal se réunissent
pour former au sommet de la bombe, et un peu en
avant, une sorte de pointe-cimier. Des jugulaires
sont disposées de chaque côté de la coiffure, qui se
complète par devant par une plaque estampée portant
la marque distinctive de l'arme et la cocarde natio-
nale, avec indication du numéro du régiment.

Le métal des garnitures serait mat, afin d'éviter
non seulement les reflets au soleil, mais encore les
ravages du tripoli... Il serait jaune pour l'infanterie
de ligne, l'artillerie, le génie, blanc pour les chasseurs
à pied, la cavalerie légère, le train.

Le cuir bouilli, vert pour les chasseurs à pied,
bleu pour la cavalerie légère, serait noir et verni pour
les autres armes.

Les couleurs distinctives de bataillon, d'escadron,
pourraient être indiquées par un écusson placé au
centre de la cocarde.

Pour la grande tenue, on pourrait adopter le plumet de la cavalerie légère, disposé de manière que
les plumes viennent retomber sur le sommet de la
bombe et en arrière.

Telles sont, en résumé, les propositions de notre
camarade. Comme on peut le voir par le dessin, son
casque a un aspect gracieux et se différencie suffisamment de ceux des autres nations. Toutefois nous
voudrions supprimer les armatures, qui alourdissent
la coiffure et en augmentent le prix de revient; l'espèce d'échancrure qui existe entre la visière et le

couvre-nuque aura pour résultat forcé de rejeter l'eau de cette partie dans les oreilles et le cou de l'homme; enfin, la pointe du cimier pourrait avoir une forme plus agréable à l'œil et devrait permettre l'introduction d'un pompon ou d'un plumet.

Notre camarade craint en outre la suppression du képi, notre coiffure de petite tenue si française, et il soumet, pour ce cas, le modèle de coiffure représenté ci-contre.

Evidemment, cette espèce de bonnet de police, qui ressemble presque complètement à la coiffure de petite tenue de l'armée autrichienne, offre à certains points de vue, peu nombreux et fort secondaires, des avantages sur le képi actuel, mais nous ne croyons pas que l'on en arrive à condamner celui-ci, qui au contraire est la seule et la vraie coiffure à adopter. Sinon, autant prendre tout de suite comme petite tenue la calotte de pansage : cela ferait au moins un effet de coiffure de moins dans la cavalerie.

En résumé, nous croyons que le képi modifié dans de certaines conditions que nous avons essayé d'indiquer, est la véritable et unique coiffure à adopter pour l'armée française, à l'exception des troupes qui ont le casque; il résulterait de ce fait une simplification réelle et une économie considérable, sans nuire au bon aspect de la tenue. Toutefois, si l'idée du casque tend à prévaloir, nous sommes d'avis que le modèle envoyé par notre camarade mériterait d'être étudié et expérimenté.

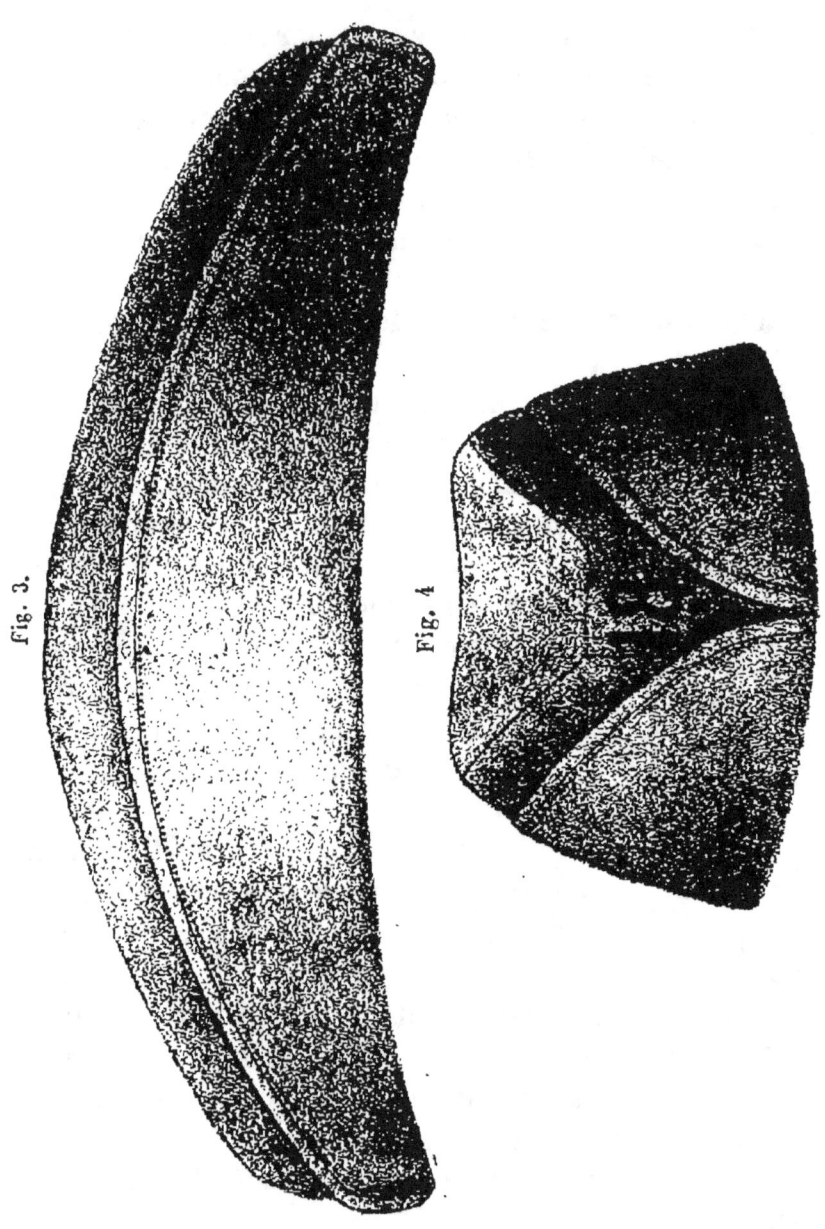

Fig. 3.

Fig. 4.

Nous n'avons pas la prétention d'avoir résolu le problème fort compliqué de la coiffure militaire, mais nous avons essayé d'en poser les termes généraux de manière à faciliter l'étude de la question. Sans doute, les mêmes conditions peuvent être examinées à des points de vue différents et l'on peut en tirer des conclusions souvent fort opposées; aussi, en indiquant nos préférences et en insistant pour l'adoption d'un képi perfectionné, tout au moins pour l'infanterie, nous avons tenu compte surtout de ce qui s'est passé dans les dernières guerres, où l'infanterie française a toujours fait campagne en képi, même en Afrique, et où l'armée allemande a combattu souvent en bonnet de police sans visière. En un mot, nous ne connaissons pas un modèle de *coiffure unique* réunissant mieux que le képi les diverses conditions de simplicité, de commodité, de légèreté, d'économie, d'hygiène et même d'élégance auxquelles doit satisfaire une coiffure militaire. Nous répudions surtout de la manière la plus absolue, la coiffure de petite tenue sans visière, qui est disgracieuse, incommode et ne préserve pas la vue, alors que c'est le genre de coiffure que l'homme porte le plus souvent. L'expérience en a d'ailleurs été faite assez souvent en France pour qu'il n'y ait plus lieu d'y revenir; il est vrai que si on le propose de nouveau aujourd'hui, c'est parce qu'il est pour ainsi dire le complément obligé du casque, et ce serait déjà une raison pour ne pas être partisan de ce dernier. Nous conseillons aussi aux partisans du casque de lire, dans le numéro du 27 mars 1880 du

Bulletin de la Réunion des Officiers, la critique de cette coiffure faite par les Prussiens eux-mêmes dans des termes tels qu'ensuite, il ne peut venir à l'idée de la copier.

Nous voyons en outre à l'adoption du képi l'avantage d'utiliser sans modifications, au besoin, tous les képis existants. On ne saurait nier d'ailleurs que nos propositions ne soient fort pratiques, et nous croyons que si l'on pouvait consulter l'armée à ce sujet, elles rallieraient une forte majorité.

On peut voir en outre que la question est présentée avec la plus grande impartialité, attendu que nous nous contentons d'indiquer ce qui nous paraît préférable, sans recommander un modèle particulier. Si nous avons donné un modèle de casque, c'est uniquement comme pis-aller et que ce casque nous a paru valoir la peine d'être examiné concurremment avec les modèles en essai, qui de l'avis général sont loin d'être exempts de toute critique.

2238 — PARIS, IMPRIMERIE LAROUX Fils et GUILLOT
7, rue des Canettes, 7.